*Je dédie ces pages à tous ceux qui ont souffert
pour la République*

UN

ASSASSINAT POLITIQUE

ou

ENFANT ET MARTYR

PAR

FERDINAND BÉRENGUIER

MENUISIER

MEMBRE CORRESPONDANT DE L'ACADÉMIE POÉTIQUE DE FRANCE
ET DE L'ACADÉMIE DES MUSES SANTONES

La trahison serpentait dans cette nuit;
et nul ne peut prévoir où s'arrêtera le
glissement d'une pensée affreuse.

Remuez cette boue, vous trouverez du
sang..... Figurez-vous Jeanne d'Arc s'a-
vouant Messaline C'est là le 2 décembre.

VICTOR HUGO.

PRIX : 25 CENTIMES

SE TROUVE CHEZ L'AUTEUR, A VIDAUBAN (VAR)
et dans les principales librairies

—

1879

Draguignan. — Imprimerie Gimbert fils, Giraud & Cⁱᵒ

INTRODUCTION

Nous sommes presque nés sous le même toit ; nous avons été nourris du même lait ; il a mangé le pain amer de la douleur, je n'ai connu que les douceurs de l'existence humaine. Jeune encore, il me berçait sur ses genoux ; il est mort pour nous doter des bienfaits de la liberté, j'en jouis sans avoir versé une goutte de sang pour les obtenir ; à ce titre, son nom appartient à l'histoire, qui déjà s'en est emparée, et il a droit à une large place dans mes souvenirs ; aussi, ma plume, qui n'a pas d'autre mérite que celui de servir la cause de la justice et de l'humanité, se fait-elle un devoir de mettre en lumière, d'une façon particulière, le caractère et la fin tragi-que d'un enfant indignement sacrifié aux vengeances de la réaction monarchique et cléricale.

Ferdinand BÉRENGUIER.

Janvier 1879.

UN

ASSASSINAT POLITIQUE

Il s'appelait Gayol, dix-sept printemps seulement avaient passé sur sa tête ; dix-sept ans ! âge des illusions et des chimères, où l'avenir est souriant et le passé vierge de chagrins et d'amertumes ! S'il n'avait pas la joie sereine d'une jeune fille, il avait le regard d'un prédestiné et la physionomie rayonnante d'un martyr ! Comme Baudin, comme Bidauré, il a droit à la gloire, à la gloire du brave qui meurt pour la sainte cause des peuples ! Il aimait le murmure du ruisseau, le parfum des fleurs, le souffle tiède du zéphir et le gazouillement des oiseaux. Le papillon, voltigeant dans la prairie, charmait ses innocents plaisirs ; et, des bois, la solitude mystérieuse, jetait comme un reflet d'azur sur son humeur triste et mélancolique. Il possédait la beauté qui captive, la jeunesse qui séduit et la force qui impose en s'appuyant sur la logique froide et réfléchie. C'était une de ces natures énergiques qui bravent les orages et que les tempêtes, quelle qu'en soit la violence, laissent calmes et impassibles. Les idées de progrès et d'indépendance firent battre de bonne heure son cœur à l'unisson de celui de ses concitoyens, dont l'enthousiasme pour la République croissait avec le péril. Il avait vu, lui aussi, dans ses rêves d'avenir, la France glorieuse et prospère se régénérer par la concorde et la liberté. Les menées sourdes et ténébreuses de la canaille de l'Elysée, ayant fait germer dans les esprits la crainte d'un coup d'Etat, Gayol, qui vivait paisiblement à Collobrières au milieu d'une population expansive, fortement agitée par la probabilité d'une catastrophe prochaine, quitta cette localité et vint s'installer au Luc, centre d'action de la résistance organisée. Les jours se succédaient sombres et menaçants ; le mot devoir volait de bouche en bouche ; et, pendant que les coupables perpétraient leur crime, le patriote chargeait son fusil et attendait les événements. Enfin, l'heure des frémissements, des résolutions viriles sonna : trève aux douceurs de la paix, aux tendres joies du foyer domestique. Gayol sentit dans tout son être le bouillonnement de la colère et l'indignation indomptable du désespoir ; son esprit s'illumina d'une sorte de vertu guerrière ; son mâle et beau visage exprima une énergie qui participait de l'antique. Cet enfant du peuple, ce vigoureux plébéien qui, comme la rose, ne devait passer sur la terre que l'espace d'un moment, sentit grandir son courage ; ni la perspective d'effroyables dangers ni les supplications d'une vierge adorée, car il aimait, ce superbe athlète, il aimait une enfant, presque un ange, modèle de vertus et de grâces, sur le front candide de laquelle il avait plus d'une fois déposé tout ce qu'il avait au cœur de tendresse et d'amour ; rien, non, rien ne put affaiblir sa bouillante ardeur. Généreux et enthousiaste, il envisageait seulement la grandeur du but sans souci des obstacles à vaincre ; il était de ces tempéraments qui, bien loin de se préoccuper des écueils, les brisent ou meurent pour l'honneur d'avoir vécu. Que lui importait la vie, s'il ne devait la conserver que pour traîner le boulet dégradant de la servitude ? s'il lui fallait courber le front devant le bonnet d'un Gessler ou devant le sabre d'un Tamerlan ?... L'existence, à ce prix, n'était-elle pas odieuse ? Un éternel sommeil n'était-il pas préférable aux tortures incessantes de son âme et de son cœur ? Placé entre ces deux alternatives : l'humiliation ou la mort, il choisit la dernière, qui lui assurait la palme du martyr. Il vint à Vidauban, embrassa tous ceux qu'il chérissait et, après avoir pris place dans les rangs de la phalange républicaine, il partit en jetant un dernier regard sur les lieux, témoins muets des

jeux de son enfance et que, hélas! il ne devait plus
revoir !...

Ses compagnons d'armes ne pouvaient se lasser
d'admirer ce jeune homme, au caractère rude et
fier, dont les traits avaient quelque chose du héros
et du stoïcien. Sa bouche n'exhalait aucune plainte,
n'exprimait aucune inquiétude; c'était la victime
marchant au sacrifice!... Peu communicatif, silencieux même avec les siens, il était difficile d'avoir
le secret de ses émotions et de sa pensée. Néanmoins,
il est possible que la crainte de voir sa patrie livrée
pieds et poings liés aux mains de quelque scélérat
couronné dissipât beaucoup de ses espérances. Peut-
être, pensait-il à sa mère, à ses sœurs qui, seules,
abandonnées, auraient infailliblement à subir les
outrages et les cruautés des complices du violateur
de la loi, si le droit succombait, accablé sous les
coups des ennemis de la Constitution. Cette pensée
pénible, le tourmentait-elle? — Il nous est difficile
de l'affirmer. Avant d'arriver à Lorgues, il jeta un
coup d'œil rapide sur la campagne, qu'il idolâtrait :
« Comme tout est triste, s'écria-t-il, les arbres sont
dépouillés de leur parure, la fraîcheur de l'automne
a fait place à l'âpre rudesse de l'hiver, l'harmonie de
la nature semble détruite; à part l'olivier, symbole
de paix, qui reste comme un sourire au milieu de
ces champs privés de vie, tout semble se recueillir
dans l'attente d'un jour de délivrance ou de deuil! »

Malheureux jeune homme! ce sont ces arbres symbolisant la paix qui ont entendu ton dernier soupir, qui ont assisté à ton agonie et qui attesteraient, au besoin, les raffinements cruels qui ont prélude à ton martyre!

Nous ne suivrons pas Gayol à travers les péripéties de son odyssée; ce serait empiéter sur les droits de l'historien; et, le cadre modeste que nous nous sommes assigné, n'autorise pas cette prétention. Notre rôle, beaucoup plus facile, est tout entier résumé dans notre introduction.

Après avoir successivement traversé Lorgues, Salernes et Aups, Gayol fut détaché à Vérignon avec quelques braves, par ordre du commandant en chef des forces insurrectionnelles; c'est donc dans cette dernière localité qu'il apprit la dispersion des défenseurs de la Constitution. Le récit qui lui fut fait de la déroute d'Aups ne pouvant lui laisser le moindre doute sur la fausse direction qui avait présidé aux mouvements de ses compagnons d'infortune, il fut pris d'un sombre découragement et il résolut de retourner auprès de sa mère qu'il aimait tant, dans l'espoir de saisir une occasion plus favorable à la réalisation de ses espérances démocratiques. Il arriva à Villecroze, en compagnie de quelques hommes déterminés qui veillaient sur lui comme sur leur enfant. Le maire de cette commune leur fit distribuer quelques munitions de bouche et les engagea à rentrer

chez eux en suivant de préférence des sentiers dé-
tournés afin d'éviter Lorgues où des patrouilles
réactionnaires ne manqueraient assurément pas de
les arrêter ; il représenta à Gayol, qui portait une
cravate rouge, combien cette couleur était compro-
mettante et combien il était sage de s'en débarrasser,
car, en ces jours néfastes, quiconque étalait la couleur rouge s'exposait à être fusillé *ipso facto !*...

Notre héros passa la première nuit qui suivit son
retour de Vérignon côte à côte avec le citoyen B...,
son compatriote. Gayol fut si violemment agité que
ce dernier, quand parurent les premières lueurs de
l'aurore, lui en demanda la cause. « Oh! l'affreux
rêve, répondit-il, l'affreux rêve! »

Comme on insistait pour connaître l'objet du
rêve qui l'avait si étrangement bouleversé, il raconta
ce qui suit :

« J'errai dans les champs à l'aventure et je me
trouvai, à force de marche, dans un lieu solitaire ; il
faisait nuit et pas une lumière n'apparaissait, tout
était triste et silencieux, aucun être humain pour me
recevoir. Le bruit de mes pas m'épouvantait ; une
sorte de vertige troublait mon esprit et me faisait
croire que j'étais au milieu d'un champ de repos ;
les pierres m'apparaissaient comme autant de monuments funèbres. Une clarté blafarde attira soudain
mon attention ; cette lueur, bien loin de ranimer
mon courage, me causa une frayeur mortelle :

j'éprouvai ce qu'éprouve un esprit craintif à la vue d'un feu follet dansant sur les pierres tumulaires des tombeaux. Mon premier mouvement de stupeur dissipé, je m'approchai, et quel ne fut point mon étonnement de trouver, assise sur les ruines d'une modeste cabane de vigneron, une femme pâle, échevelée, accablée sous le poids de la tristesse et du désespoir :

« — Qui donc êtes-vous ? lui demandai-je.

« — La Liberté, me répondit-elle. »

« Ce mot-là me fit tressaillir. A la pensée des souffrances de cette femme vénérée, il me semblait que j'allais broyer les tyrans ; mais, soudain apparut une masse informe, à figure hideuse, aux cheveux longs et crasseux.

« — Qui donc es-tu, lui dis-je, Gorgone ou Méduse, réponds-moi ? »

« Instantanément, je sentis un souffle empesté empoisonner mes lèvres ! Sa face patibulaire effleurait mon visage.

« — Jeune téméraire, dit-il d'une voix sépulcrale, reconnais en moi le Passé, je viens mettre un terme à vos tentatives criminelles.

« — Vieillard, répondis-je, tu m'effraies, la clémence est douce à un cœur sensible, sois bon et magnanime !... »

« Ses dents grincèrent et ses yeux tournèrent dans leur orbite.

« — Chez moi, s'écria-t-il, pas de pusillanimité ; là mansuétude et le pardon n'habitèrent jamais mon empire ; ni les invocations de mes victimes, ni leurs prières ne désarment mon impitoyable ressentiment ; la Liberté doit mourir et, avec elle, tous ses défenseurs. »

« Sur ce, le spectre appela ses satellites qui dansèrent aussitôt, autour de la malheureuse maltraitée et suppliante, une ronde cynique et infernale. Ecœuré d'un si monstrueux spectacle, je jetai un regard de commisération sur le chef de cette troupe satanique.

« — De grâce, lui dis-je, faites cesser ce supplice ! »

« Ma faible voix resta sans écho : ce barbare, qui de son regard sévère m'imposa silence, ne trouvait des jouissances que dans le crime !... Trop faible pour défendre, seul et isolé, la Liberté agonisante ; menacé moi-même par l'attitude provocante de ces bandits, je résolus de chercher mon salut dans la fuite ; mais, hélas ! malgré les efforts inouis que je faisais pour échapper aux brigands qui me poursuivaient, je tombai dans un bourbier ; je n'avance plus qu'avec peine ; je chancelle et, dans mon trouble, je crois voir devant moi la mort pâle et menaçante. Les premières clartés du jour viennent heureusement mettre fin aux tortures qui agitaient mon âme. »

« Le pauvre enfant, nous a dit le citoyen B...,

historien de cette vision singulière, avait le sinistre pressentiment du sort lugubre qui l'attendait. »

Le lendemain, malgré leur vigilance, Gayol et ses compagnons furent arrêtés à Saint-Jaume et conduit à Lorgues sous bonne escorte. Après avoir subi les mauvais traitements d'une population réfractaire aux idées de progrès et d'humanité et chez laquelle n'avaient pas encore pénétré les sentiments de justice et de liberté qui l'animent aujourd'hui, grâce à la persévérance inflexible de quelques citoyens énergiques qui, bravant les vengeances des suppôts de l'obscurantisme, ont tenu haut et ferme l'étendard de la régénération sociale dans cette citadelle, réputée inexpugnable, des préjugés, les prisonniers furent parqués dans une des salles de la mairie où ils eurent à subir de nouveaux outrages. Plusieurs, par leur féroce irritation, rappelaient les Euménides; un des plus furieux, le brigadier X..., se faisait surtout remarquer par ses brutales vociférations ; on eût dit qu'il s'appliquait à torturer ces innocentes victimes de la tyrannie : il ne parlait que de massacres et de fusillades. Dominé par le démon du crime ; tourmenté par un besoin naturel à ce monstre : la soif du sang ! il choisit quatre hommes, au nombre desquels était Gayol, et les relégua dans un coin de la salle. Le pauvre enfant, qui était bien loin de s'expliquer cette préférence, pria instamment le citoyen B... de demander au brigadier ce que signi-

fiait cet énigmatique triage. Ce dernier s'exécuta
timidement, — il faut de la prudence avec les
loups.

« — Rassurez-vous sur votre compte, lui fut-il
répondu, mais ces quatre, ajouta le brigadier, en
désignant les infortunés choisis, y passeront : leur
affaire est réglée !... »

— Que vous a-t-il dit? demanda Gayol à son compatriote.

— Que nous allions être délivrés, répondit le citoyen B..., le cœur étouffé par les sanglots et des
larmes dans la voix !

— Dieu le veuille, répartit Gayol, car je désespé-
rais déjà d'embrasser ma mère !...

Sur ces entrefaites, le capitaine de gendarmerie se
présenta. Le brigadier fixait de son regard de fauve
un des quatre destinés à la boucherie ; quand, se
tournant soudain vers son chef, il lui manifesta la
crainte de s'être mépris sur l'identité d'un des malheureux désignés pour le sacrifice.

« — Brigadier, pas de faiblesse ! hurla l'impitoyable capitaine. »

Parole impie qui ne rappelle que trop le « tuez-
les tous » du légat du pape, et cela, sous le prétexte
dérisoire que le Seigneur sait toujours reconnaître
les siens. En vérité, si les tigres parlaient emploie-
raient-ils un plus odieux langage?

Quelques heures après, quand le doute ne fut plus

possible ; quand Gayol comprit que les barbares qui
les conduisaient étaient avides de leur sang et qu'on
allait leur arracher la vie ; quand la vérité, dépouillée
de son voile, lui apparut dans toute son épouvanta-
ble réalité ; alors, sa pensée s'envola vers les objets
de son attachement et de sa tendresse ; alors, il en-
trevit, à travers l'auréole de son martyre, le regard
de sa mère s'appesantir sur le sien ; alors, son sou-
venir embrassa tous les joyeux instants de son enfance : il revit les riants côteaux de son village, les
bords fleuris de l'*Argens*, les hauts peupliers d'où
le rossignol l'enivrait de ses notes mélodieuses ; alors,
il crut entendre la voix plaintive et les accents lan-
goureux de celle qui lui avait juré sa foi, lui mur-
murer un adieu suprême ; il revoyait le séduisant
bosquet sur la pelouse verte duquel, effeuillant la
blanche paquerette, ils jugeaient du degré de leur
amour ; et, à ces touchants souvenirs, des larmes
fugitives tombaient comme des perles de ses paupiè-
res embrasées ! Mais, ce qui lui déchirait le cœur,
ce n'était pas la pensée qu'on allait lui ravir la vie,
c'était celle plus horrible que la République était
bâillonnée et perdue ; c'était le spectacle douloureux
de son pays asservi et déshonoré !... Que lui importait la tombe ! ce qui dévorait son âme, c'était l'image
cruelle de la patrie ensanglantée et de la liberté
expirante ! La mort, qu'eût-elle été pour lui, si,
comme Epaminondas et Nelson, il avait pu s'écrier :

« Nos ennemis sont vaincus! » Mais, tout succombait : le droit, la justice et la vérité ; la calomnie allait accomplir son œuvre malfaisante de démoralisation sociale!... Si, au moins, il lui avait été permis de presser encore une fois la main tremblante de ses parents et de ses amis, mourir si jeune eût été peu de chose, mais, hélas! ses bourreaux, hommes sans entrailles, en avaient décidé autrement!...

. . . .

Le soleil inondait de sa lumière la nature désolée quand, à proximité du cimetière de Lorgues, derrière un massif d'oliviers, au bruit des huées inconscientes d'une populace composée en partie de femmes d'une chasteté plus douteuse que celle de Pénélope et d'estafiers plus ou moins tarés, quatre humbles victimes, rayonnantes de fraîcheur et de jeunesse, se raidissant contre le malheur, tombaient frappées par les balles liberticides des prétoriens de l'homme de Décembre. Toute la grandeur, toute la mâle énergie de Gayol, Aragon, Philipp et Coulet devant l'appareil du supplice, est impossible à décrire ; près d'expirer, leurs lèvres desséchées par l'amertume de la défaite, défiaient encore leurs persécuteurs. Ils moururent avec une expression dans le regard qui témoignait de leur mépris pour tout ce qui touche aux vanités humaines. Ne les oublions pas : cet oubli serait sacrilège.

Et maintenant, à l'aide de quel sophisme était-on

parvenu à éteindre le sens moral dans l'esprit de
cette population dont la curiosité malsaine contribua
à activer le zèle des exécuteurs!... L'ignorance seule,
cette ennemie implacable de la raison, peut produire
ces phénomènes inexplicables.

Allez! serviles adulateurs du crime; allez, artisans
de malheurs, annoncez solennellement à la société
que vous venez de la sauver du spectre rouge!... »

Pauvre Gayol! mourir à dix-sept ans, à cet âge
où l'on rit, où l'on chante, où il est si doux d'être
aimé! Qu'avais-tu donc fait à ces vampires qui, de
propos délibéré, demandaient à longs cris qu'on te
fusillât?...

Ta physionomie pure et douce, tes yeux tristes et
languissants, ton langage harmonieux comme celui
d'un ange, rien n'a pu désarmer, rien n'a pu atten-
drir es farouches exécuteurs!... Etais-tu donc tombé
dans les griffes des Caraïbes?

Victimes infortunées, reposez dans le calme de
votre innocence, dormez du sommeil profond des
justes! En présence de semblables attentats, on se
demande si la justice, l'équité, la providence ne
sont pas de vains mots créés par les imposteurs pour
mentir à la conscience publique!... la loi punissant
et réprimant le vice, voilà l'ordre naturel; le crime
instrumentant contre le droit et le magistrat, organe
de la loi, prêtant son appui au crime, c'est le ren-
versement de toute morale!... Justice, que fais-tu de

ton glaive? que fais-tu de ta dignité? que fais-tu de ton honneur?

Et vous, hommes sans pudeur et sans principe, êtres souverainement détestables ; vous tous que la passion politique irrite et aveugle, est-ce dans les effets dégradants de la violence que vous incarnez vos sublimes espérances? Songez donc, insensés, que les vaincus d'aujourd'hui seront les vainqueurs de demain et que la vérité, vengeresse divine, imprimera sur vos faces blêmes et flétries le stigmate de l'infamie et de la trahison, avant même que vous ayez pu emporter votre flétrissure dans l'obscurité de la tombe !...

Après cette abominable noirceur, comment pourrions-nous décrire les cris de douleur de sa famille désespérée? Quand la fatale nouvelle vint, comme un coup de foudre, jeter dans la maison de Gayol la consternation et le deuil, nous avons vu ces larmes de mère, nous avons entendu les gémissements de ses sœurs éplorées! Ah! il est des heures dans la vie qui sont ineffaçables !... Souvenirs cuisants !... Ils avaient tué Gayol, les vautours avaient ravi à une mère son Benjamin, et cela notre candide innocence ne pouvait se l'expliquer! Eh bien, croyez-vous qu'après tant de sang répandu, la rage de ces cannibales était assouvie? — Non, il leur fallait de nouvelles victimes; pour couronnement de ce sanglant édifice, il fallait allier la bassesse à la trahison

et des vexations de toute nature à la scélératesse.
Gayol aîné, dût se réfugier en Italie pour se sous-
traire à l'exécution d'une condamnation capitale ;
après sept années d'un exil immérité, il vint se pré-
senter devant la cour d'assises du Var qui réforma
le premier jugement et le renvoya des poursuites. Le
père Gayol, garotté par les sicaires de Bonaparte,
fut jeté au fond d'une prison où il languit pendant
six longs mois ; mais, tout cela n'était pas suffisant
encore : ils voulurent aussi s'emparer de la mère
dont la raison déjà fortement altérée ne put résister
à cette nouvelle épreuve : la malheureuse devint
folle de chagrins et de douleurs !..... Hommes d'ordre, voilà votre œuvre, œuvre digne des sauvages du
Nouveau-Monde ; nous verrons bientôt les résultats
désastreux de vos lâches perfidies et aussi, pourquoi
ne le dirions-nous pas, de la coupable insouciance du
peuple.

Eh bien, malgré tous ces actes de cruautés, la tri-
bune de vos assemblées parlementaires a retenti du
panégyrique de l'empire, et cela, après Décembre,
après Metz, après Sedan ! Tirons un voile sur cette
honte de notre histoire contemporaine ! Songeons-y,
citoyens, c'est le relâchement de nos mœurs et notre
indifférence qui nous ont perdu. Rappelons-nous la
sanglante image du trône, la fin tragique de nos
pères, la hache meurtrière des tyrans, comme une
épée de Damoclès, incessamment levée sur la tête

des défenseurs de la liberté. Quand la nuit nous couvre de ses ténébreuses ombres; quand tout repose dans la nature, pensons à nos martyrs; ayons le culte pieux des souvenirs. Voyez les misères qui nous environnent et les plaies encore saignantes de la patrie; tout cela ne doit-il pas dessiller nos yeux? Rappelons-nous ces heures d'angoisses où le canon allemand lançait sur les monuments de notre gloire, sur ces édifices qui témoignent si bien de la vitalité de notre fortune artistique et industrielle, ces obus homicides qui venaient frapper nos vieillards, nos femmes et nos enfants. Que la vérité poursuive partout son action bienfaisante et salutaire; que rien ne l'arrête pour donner un appui au faible et l'espérance aux opprimés. Que la clarté de ses rayons pénètre les âmes et les consciences, car elle ne peut épouvanter que le crime; des misérables ont pu un instant comprimer son radieux essor, mais aujourd'hui, pareille à la trompette universelle dont quelques coupables s'efforcent vainement d'étouffer les sons, elle plane majestueuse et fière emportée sur les ailes de la raison.

Cet écrit revêtant un caractère essentiellement local, il convient d'ajouter aux noms déjà cités, celui de Mottus, républicain convaincu, qui, indignement frappé par le sabre homicide d'un gendarme, paya lui aussi de sa vie son dévouement à la bonne cause.

Les faits sont là, palpitants d'intérêt et d'une éloquence bien supérieure à notre modeste prose ; mais, que sont devenus les cadavres de ces malheureux privés d'une sépulture digne de leur courageux sacrifice? Qui pourrait seulement nous indiquer la place où reposent leurs ossements?

Sur un poteau des thermopyles, on lisait ces mots : « Passant, va dire à Lacédémone que nous sommes morts pour obéir à ses saintes lois ! » A Paris s'élève une colonne en bronze sur laquelle sont écrits les noms des citoyens qui moururent, en 1830, pour la cause de la liberté ! Au cimetière Montmartre, on lit ces mots gravés sur la pierre : « Ci-gît le représentant Baudin, mort en défendant la loi ! » Mais, c'est vainement que nous avons parcouru les cimetières de Lorgues et de Vidauban, rien, non, rien n'y atteste le civisme et la fin tragique de nos compatriotes infortunés !...

O peuple ! peuple oublieux et léger, faudra-t-il donc que l'ombre de ces martyrs vienne te rappeler leurs peines et leurs douleurs !...

FIN

A CEUX

QUE GÊNE MON OMBRE

Rassurez-vous, braves gens, il ne sera question ici ni d'arche sainte, ni de veau d'or ; je ne veux pas plus continuer la tradition d'Aaron que celle de Moïse ; mais, dans l'hypothèse que ces modestes pages soulèvent l'humeur bilieuse de quelques bonnes âmes pour lesquelles je ne suis pas en état de grâce, je dois charitablement les prévenir que je ne m'inquiète pas plus de la haine des uns que des sottes criailleries des autres. Les outrages de certaines gens sont sans conséquence et sont aussi impuissants à m'émouvoir qu'à me détourner de mes devoirs. Puisant ma force dans la clarté sereine de ma conscience, j'irai toujours en avant, sans souci des clabauderies inconscientes de plusieurs niais personnages. Je n'ai qu'un culte, celui de la vérité ; je ne rêve pas d'autre gloire que celle de servir la cause du droit et de l'humanité ; je n'ai aucun goût pour les *fonctions municipales*, fort heureusement pour moi, je n'aspire pas au Capitole, ce qui me dispense des révérences auxquelles je n'ai jamais pu m'asservir ; ma seule ambition est de pouvoir jouir du repos sous le soleil rayonnant de la République qui se lève ; je plains ceux qui lisent *cardinal* là où j'ai écrit *citrouille*, je souhaite ardemment que le bon sens les éclaire ; si, après cette déclaration, ils n'ont pas le sommeil paisible, je croirai que décidément le diable s'en mêle et je me reconnaîtrai incapable à leur rendre la raison.

FERDINAND BÉRENGUIER.

DU MÊME AUTEUR :

Les Veillées d'un Prolétaire, franco, **50 c.**
La Plume de l'Ouvrier, avec une
préface de M. DAUMAS, député ouvrier de
Toulon .... **40 c.**

Ces deux opuscules ont valu à leur auteur des articles
élogieux d'un grand nombre de revues parisiennes ainsi
que des lettres de félicitations de la part des citoyens
BARODET, MAILLÉ, BOUCHER, SCHŒLCHER, RASPAIL, etc.